Victor Hadwiger
Blanche: Fünf Kapitel einer Liebesgeschichte

I0640010

fabula Verlag Hamburg

ISBN: 978-3-95855-103-9
Druck: fabula Verlag Hamburg, 2017
Satz und Lektorat: Jannick Griguhn

Covergestaltung: Marta Monika Czerwinski

Der fabula Verlag Hamburg ist ein Imprint der Diplomica Verlag GmbH.
Bibliografische Information der Deutschen Nationalbibliothek :
Die Deutsche Nationalbibliothek verzeichnet diese Publikation in der Deut-
schen Nationalbibliografie; detaillierte bibliografische Daten sind im
Internet über http://dnb.d-nb.de abrufbar.

Victor Hadwiger

Blanche: Fünf Kapitel einer Liebesgeschichte

fabula

Inhalt

1. Das böse Maul

Über den blaßblau schillernden Smyrnaläufer huschten kleine Lichter und Sonnenkringel, sprangen über die Schwelle des Speisesaales und machten sich breit auf den bleichen Polstern der zierlichen Empirestühle, wie ein Volk zudringlicher Vögel. Zuweilen sprangen sie einem der schwarzen, feierlichen Männer, die mit gesenkten Köpfen um die Tafel saßen, vertraulich auf die Schultern und wärmten ihm den Nacken. Nur wenn ein Wort aus dem Munde der Schweigsamen fiel, flatterten sie gleichsam erschreckt in die Höhe und verschwanden wieder[1]. Durch vier offene Türen durfte man den flüchtenden Lichtern folgen bis an eine fünfte rätselhafte, florverkleidete, durch weite, üppige Perspektiven, über seidene Teppiche, feingetönte vornehme Tapeten und wundersam zierliche Möbel.

So waren sie eben die Bartholmé, schweigende Genießer hinter Portieren. So war auch er, der Tote, dort hinter der fünften Türe, nur noch um eine Nuance einsamer und schweigsamer. Fast ganz von der Sippe losgelöst war er wie ein Feldherr, den man mit seinem Stabe umgangen hat, der seine Bataillone zurückzieht und Posten um Posten aufgibt, bis auf ein kleines Dorf, das er verteidigen will. Aber auch das muß fallen. Haus um Haus wird erkämpft, und dann Anhöhe für den Heldentod.

Und die Männer der Bartholmé wußten das alles, daß ihr Charles der einsamste gewesen war unter ihnen, daß er ih-

---

1 Der Quelltext weist hier leider eine Text-Lücke auf. Folgende Worte wurden von der Redaktion entfernt: ‚in eines Speisesaal angeschlossen'

nen vieles zuvorgetan und manches gegen sie unternommen hatte. Aber sie liebten ihn trotzdem, weil er ihre Art in einen Gipfelpunkt entwickelt hatte. – »Daß er auch so enden mußte, der arme Charles,« und sie schüttelten die Köpfe ganz auf ihre Art Ihre Mienen bekamen jenen nachdenklichen Feierabend, den man nur auf den Gesichtern ganz ernster Menschen zuweilen findet. So saßen sie heute da, jeder Muskel ein Bartholmé, und warteten auf den Imbiß, den ihnen die blasse Hausfrau besorgte. – Die blonde, kleine Frau, diese Filigranarbeit des lieben Herrgotts von Frankreich mit den wasser blauen Augen, die immerfort lachten und Sünden begingen auch in der Traurigkeit. Darum dachten die sieben Bartholmé an den bevorstehenden Imbiß und den darauffolgenden Familienrat mit den Gefühlen von Richtern, die ein mißlauniges Schicksal in jenen populären Konflikt von Pflicht und Sympathie gedrängt hat. Ja, es war zu peinlich, denn die Bartholmé waren nicht wie schlechte Dichter, die aus so etwas noch immer eine Tragödie machen wollen. Hätte man doch darüber hinweggehen dürfen mit einer vornehmen Geste oder so irgendwie.

Aber wenn sie ihre lichten graumelierten Köpfe, auf denen die bezeichnende Bartholmésche Familienblondheit noch immer die Vorherrschaft hatte, in einem kaum merklichen Takte bewegten, sah man, daß es mit einem vornehmen Darüber hinweggehen schlecht bestellt sei. Und der eine unbesetzte Stuhl da oben an der Tafel hatte manchem besorgten Blick standzuhalten. Es war noch ein Sitz im Rate frei.

Wie ein weißes Tuch lag das Schweigen über den Wartenden, und von Zeit zu Zeit war es gar, als hielten die Sieben den Atem an. Dann kamen leise Töne aus allen Luken und Winkeln, jenes Flüstern und Wispern, das schon bei der Concierge begann und leise und langsam über die Treppe emporkam. Mit dem Flüstern und Wispern aber kam auch das Achselzucken und jenes Kopfschütteln der Domestiken und lief wie ganz feine elektrische Schläge über die Schultern der Bartholmé.

Diese feinen Schläge hörten erst auf, als die leicht angelehnte Tür des Speisezimmers von dem Druck eines Fußes geöffnet wurde und Tante Claire mit der ersten Schüssel erschien.

»Guten Tag, meine lieben Bartholmé, es kommt mehr, es kommt gleich viel mehr; unsere kleine, süße Frau ...«

Man rückte den ledigen Stuhl für Tante Claire zurecht und erwiderte den Gruß mit der langgeübten Herzlichkeit, die nichts Unehrliches mehr an sich hat, weil sie eine Kunst geworden ist. Und alle die andern kleinen Pointen und Wendungen, was brauchen sie mehr zu sein als ein rücksichtsvolles Pausenausfüllen.

So spannen die Bartholmé Heiterkeit und Laune von Mann zu Mann, wie Seile, auf denen sie ihre Seelen balancieren ließen. Sie waren privilegierte Lügner, diese feinen Gesellschaftsmenschen, liebenswürdige Lügner, wenn sie mußten; ihre Lügen waren wie geschäftige, kunstfertige Hände. Das wußte auch Tante Claire, und sie gab sich ihnen gefangen. Nur selten gingen ihre Blicke suchend und lauernd bis an die schwarze Tür und standen da still, als müßte jetzt oder dann eine unsichtbare Hand den Flor zerreißen und die liebenswürdigen Lügen ersticken.

In einem der fünf Nebenzimmer fiel ein Gegenstand zur Erde. Erschrocken hielt man einen Augenblick inne, und durch die Stille ließen sich kurze, prüfende Schritte von kleinen Füßen vernehmen. Dann ein feines, kaum hörbares Flüstern, und der Schatten einer Kinderhand über der ver kleideten Tür.

»Unsere armen, kleinen Hühnchen, die armen, süßen, kleinen, gelben Putthühnchen, man hat sie am Ende gar vergessen.«

Tante Claire wollte noch etwas hinzufügen, als die Augen der sieben Bartholmé sich dem Saaleingang zuwandten, zwischen dessen halbgeöffneten Flügeln zwei schmale Frauenhände erschienen, leicht um eine Silberterrine gewölbt. Es waren die Hände der Frau Blanche Bartholmé, wie in einer bittenden Gebärde vorgestreckt. Wer sollte ihnen nicht zu Hilfe eilen, diesen schönen, bittenden Händen?

»Blanche, Blanche Vorsichtig, um Gottes willen« riefen die faltigen Lippen der Tante Claire in das Geräusch der gerückten Stühle hinein. »Blanche, Blanche, in deinem Zustand die schwere Terrine!«

»Willst du dich nicht setzen, mein Lieb? Hier, ich will dir den bequemen Stuhl zurechtstellen.«

»Danke, Claire, danke, Henry ist schon so gut.« Sie glättete mit einer verlegenen Bewegung der Finger das weite, schwarze Damastkleid. In dem satten Licht der Spätsonne glitzerten die Spitzen ihrer Haare von einem zarten Gelb bis in ein reines Weiß und Silber hinüber. Der kleine, zierliche Kopf bewegte sich mit jener koketten Traurigkeit, die man nur bei schönen und vornehmen Frauen findet, die etwas Erlösendes in den stumpfen Rhythmus der Begräbnisse bringt. – Ja, so war Frau Bartholmé, dieses kleine, graziöse Filigran mit seiner sieghaften Zartheit, mit seiner triumphierenden Schwäche. – Ja, so eine hatte er immer gewollt, der hinter der schwarzen Tür. Armer Charles. Er, der blondeste Mann in Frankreich, viel zu blond für einen Franzosen, wollte die blondeste Frau der Republik und ein blondes Geschlecht. Eine geniale Caprice ihres Jüngsten hatten es die lächelnden Bartholmé genannt, dieses lichte Intermezzo innerhalb einer dunkeln Rasse. Lange hatte er gesucht, mit dem Heißhunger des begeisterten Sammlers, der zu seinen seltenen Stücken noch das seltenste und eigenste legen will. Und während er eine Brücke baute in Paris und man über seine Meisterschaft Debatten hielt, schickte er seine Sorgen in die Provinz. Im Departement der Marne fand er endlich seine Blanche, zu Chalons, auf dem Weinberg ihres Vaters, mit ihren schmalen Händen, die er küßte, mit jenen Augen, die immer sündigten, mit jener Seele, die ihn besiegte. Armer Charles, einen vornehmen Sammler hatte er für einen Liebhaber ausgetauschtem kühner Brückenbauer war an ihm zuschanden geworden, als er ein eifersüchtiger Gatte und ein unglücklicher Vater wurde.

Man wartet nicht lange in Paris, man geht gern bequem und liebt klingende Namen über den Dingen, die entstehen. So wartete man auch ungeduldig auf seine Brücke. Aber die wollte nicht fertig werden, und schließlich – es war so um den dritten Pfeiler –, da kam ein anderer, der nahm dem Charles alles ab, Arbeit, Verantwortung und Ehre. Es war ein kleiner Weltverächter ohne Passionen und Leidenschaften.

Die sieben Bartholmé betrachteten den Kleinen wie einen Erbfeind ihres Hauses, aber Charles, der hatte nur gelächelt, als er den Rückzug antrat. Was verstanden die Bartholmé von seiner Welt. Feine, schmale Hände muß man haben, und wenn man ein Ding betastet, muß man die Seele des Dinges fühlen können. Hatten die Bartholmé etwa solche Hände, diese plumpen Aristokraten, die dort stecken geblieben waren, wo er begann? Blanche, ja, Blanche, die hatte etwas davon, wenn ihre Finger in Bewegung waren, wenn sie leise, kaum merklich vibrierten an einer Tulakapsel oder einer kleinen, stilvollen Vase, und wenn sie dann ein abwesendes Lächeln in so ein kleines Gefäß hinabgoß. Ja, Blanche, die hatte Stil, die war selbst so eine kleine Vase, in die man hineinlachen und hineinweinen und sich freuen konnte, weil kein anderer seine Hand daran rühren darf. Dann aber ist es' ein Sonntag der Seele, wenn man sie einmal einem Besucher zeigt.

Es kamen viele Sonntage zu Charles, als er seine kleine Nippessache, die Blanche, neben sich aufgestellt hatte und sie mit seinen feinen Händen hütete, sie erklärte mit dem ihm eigentümlichen Tonfall und der differenzierten Bewegung des berauschten Kenners.

So hatte Blanche neben ihm gelebt, zur Grazie und Eigenart erzogen, in das Parfüm einer betäubenden Kultur getaucht. Und vier Jahre lebte er neben ihr in diesem Rausch des Sammlers, ohne Jahreszeiten möchte man sagen, immer in einer temperierten Stubenwärme. Nur als sich Hoffnungen erfüllten, die mit in seinen Glücks- und Lebensplan gehörten, waren die Schritte des intimen Genießers für Augenblicke rascher und lauter geworden, als hätte man die Perser zurückgerollt, die sonst alle vorlauten, störenden Geräusche hinwegnahmen. Das war damals, als seine beiden blonden Kinder ankamen, Blanche, die kleine, und Cecile ein Jahr jünger, beide ein Traum von Schönheit, eine Erfüllung. Aber dann bekamen auch sie ihren Platz und wurden ein neuer Akkord in dem stillen Rhythmus des Bartholméschen Hauses. Nun begannen die Besucher Charles auch zu verstehen, und die Bewunderer sprachen von einer zarten Randleiste über seinen Lebensblättern. Wenn einer einmal mit versteckter Ironie auf die Dekadenz eines solchen Geschmackes anspielte oder mit täppischen Gebärden und Bemerkungen die feinen Gewebe verletzte, wenn das vorkam, dann schlossen sich die Türen lautlos, und es mußten wieder Wochen vergehen bis der nächste Besucher Einlaß fand.

Nur einer, der blieb immer da; der mußte eine Tür gefunden haben, zu der es keinen Schlüssel gab, oder gar selbst einen Schlüssel haben. Der kleine verdrießliche Brückenbauer mit wulstigen, roten Händen, der ging jetzt aus und ein, und seine breiten Amerikaner tappten selbstbewußt über die Smyrnaläufer. Ja, selbst ein Lächeln, so ein ganz gesundes, oberflächliches, schien jetzt über die mürrische Apathie des Arbeitsharten den Sieg davongetragen zu haben.

Und das war wieder ganz ein Charles. Gerade dem, der ihn in jenem Leben von Einst abgelöst hatte, gerade dem mußte er seine »Schätze« zeigen, jene kleinen, tief unergründlichen, gewählten Welten, um die man einen goldenen

Ring geschmiedet hat; nur so von oben mußte er den hinabschauen lassen in die schmalen Gläser und Vasen, in die Nischen und Hecken, in denen Geheimnisse nisteten, wie fremde, südliche Vögel.

Er verachtete die Menschen, die Brücken bauten, um zueinander zu gelangen. – Wälle um sich herum muß man aufwerfen und versteckte Batterien muß man haben, Brustwehren und goldene Panzer. Und dann muß man triumphieren just vor denen, die die Härtesten und Klügsten sein wollen, die Brückenbauer und Vielmenschen. Das war wieder der ganze Charles Bartholmé.

»Der hat eine pointierte Schwerfälligkeit,« ließ er so nebenbei einmal fallen, als der kleine Breitschultrige sich zu Frau Blanche in Liebenswürdigkeiten vergaß. Und Frau Blanche lächelte ganz eigen, so verwundert kindlich, wie Charles es liebte. Aber dann fiel sie doch aus der Rolle. – Sie mußte die Kleinen zu Bett bringen und verabschiedete sich früher als gewöhnlich.

Charles hatte den Vorfall lange nicht vergessen können. Aber sein Widerwille gegen alles Laute und Aufgeregte verbot ihm jede Auseinandersetzung. – Seine lieben, blonden Kinder, wuchsen sie doch unter den zarten Händen der Frau Blanche wie zwei lichte Blumenkelche, eine Art aus einem unentdeckten Land. Immer sah er diese Hände über den Köpfen seiner Kinder schweben, und dann hatten sie etwas Gütig-Leidendes, Mutterhaftes. –

»Dieser Mensch macht eine Offenbarung aus seinen Rücksichtslosigkeiten.«

Die Schritte Charles hatten bei diesen Worten ein rascheres Tempo angenommen, und Frau Blanche war ein wenig blaß geworden. – Die Pausen im Hause Barholmé mehrten sich nun und hatten oft etwas bedrückend Schwüles. Die Tage bekamen langweilige Gesichter, und oft lag die Sonne länger auf den Teppichen und Decken, als man es ihr gestatten wollte. Es war, als hielte eine unsichtbare Hand das Pendel der Uhren fest. In dieser verschüchterten Stille wuchs das neue Schicksal der Bartholmé wie etwas Dunkles in der Dämmerung; die Menschen und Dinge hatten die Klarheit ihrer Linien verloren. Die Worte kamen gedämpft und mehr fragend als bestimmend. Allen im Hause hatte sich dieses Warten und Sichfürchten mitgeteilt. Es war, als hätten sie ihre Fröhlichkeit an die herrlichen Herbsttage da draußen verschenkt.

Und wenn jemand unter ihnen war, der sich sein Lächeln gerettet hatte, so war es Frau Blanche selbst, auf deren gesegneten Leib sich alle die fragenden und wartenden Blicke nun zum dritten Male vereitilgten. Stundenlang saß sie oft am Fenster und schaute den Spatzen zu, die in den reifen Kastanien spielten, um dann erschrocken aufzuhorchen, wenn sich draußen auf dem Gange Schritte vernehmen ließen und der schwarze, struppige Kopf des Baumeisters mit seinen derben, harten Linien zwischen der Tür erschien.
Das Kind wurde geboren in den Tagen der Weinernte, mit schwarzen, dichten Härchen über den Zügen der Frau Blanche. –

Die breiten Schritte des Brückenbauers und die grobe Sicherheit seiner Bewegungen kamen nun zu noch größeren Rechten, und wenn ihn die blasse Frau in dem alten Fauteuil empfing, konnte er den Überwinder nicht mehr verleugnen. Allmählich schien es, als hätte er den brutalen Rhythmus seiner Person allen den zierlichen Dingen da ringsum aufgedrängt; die Worte begannen das Gedämpfte Tastende zu verlieren, und die Mienen der Dienerschaft hatten eine aufdringliche Deutlichkeit bekommen; hinter den verhangenen Türen klang es wie springende Schlösser.

Jetzt kamen die Bruder Bartholmé öfter einmal herüber, um nach Charles zu sehen und ihn aufzuheitern. Aber es war immer eine Art Krankenbesuch, für den sie ihre Scherze und kleinen Liebenswürdigkeiten mitgebracht hatten. Und die ältesten unter ihnen merkten es am besten, wie der »kleine Charles« an ihnen vorbeialterte, wie da ein großes Welken begann. An Stelle seiner ruhigen Überlegenheit, in der sie früher den Gipfel ihrer Familienkultur begrüßt hatten, war eine nervöse Zerrissenheit der Gedanken und Gebärden getreten. Dann mußten die Sieben unwillkürlich zu Blanche hinüberblicken und beide vergleichen, die Blanche und den Charles. Ja, die Blanche, die blühte jetzt erst, die war voll und schön geworden. – Und ihre Kinder, die drei Küken, die hockten da irgendwo und piepsten und ließen sich's gut sein. – Das schwarze Küken, das auch – jetzt konnte es gar schon laufen und war fast noch hübscher und kräftiger als die andern. Das alles war ihnen peinlich, den Bartholmés, und sie fühlten sich besiegt mit ihm und müde. Zwei Jahre dauerte sein Kampf schon, ohne daß er eine Entscheidung hatte herbeiführen können. Er war wie ein verwundetes Tier, »der dort« in seinem Schreibzimmer. Er wartete auf den Tod.

Auf Zehenspitzen über den Smyrnaläufer kam der verständige, vornehme Tod; der wußte genau, wie man dem Bartholmé Besuche machte. Eine kleine Verstimmung – ein kurzes Fieber – kein Gerede, kein Geschrei, kein Testament – um Gottes willen nur nichts Lautes und Ordinäres.

»Und wenn es eine Vorsehung gibt,« sagte Henry Bartholmé, der Älteste, »so war sie diesmal überaus gütig und groß.« Dann zupfte er an seinem Rock und strich die dünnen Streifen von der Stirn. Er löste seine Aufgabe, Frau Blanche die Todesnachricht zu bringen, mit dem Takt und der Würde des ältesten Bartholmé.

»Frau Blanche, die Bartholmé schätzen sich glücklich in ihrer Liebe zu Ihnen und danken Ihnen für alles, was Sie an unserm lieben Charles getan. Sie haben den Bartholmés eine Zukunft gegeben in Ihren Kindern, auch das danken wir Ihnen, und wenn es nun ein Sohn wird, den sie dem Andenken des jüngsten Bartholmé gebären, so wird er diesen Namen zur Freude unseres Hauses tragen. Wir danken Ihnen, Blanche« So schloß er und küßte der Weinenden die Hand.

Es war aber, wie in jenen furchtbaren Tagen, die das schwarze Küken gebracht hatten. Eine schwere Schwüle in allen Räumen und über allen Dingen. Draußen der satte Herbst hatte wieder so viel Farben und Sonne, und in den reifen Kastanien spielten die Spatzen.

Das war so ein Kapitel seiner Geschichte. Es schloß mit dieser florverkleideten Tür, die man seit zwei Tagen nicht mehr aufgetan hatte, die man wie in heiliger Scheu vermied. Aber doch zog sie alle Blicke mit magischer Gewalt an sich, und die Finger mußten sich wehren, nach dem Riegel zu greifen. Immer wieder glitt der Schatten einer kleinen Hand über die Schleier und die kostbaren Intarsien; wie eine rufende Gebärde war dieses Auf- und Niedergehen des kleinen Armes. – – »Auf unsern armen Charles« Der älteste Bartholmé hob sein Glas nach einer Episode mühseliger Fröhlichkeit. Die hohen Kelche klangen in schwebenden Rhythmen ihr kristallenes Fiducit, und viele Augen tauchten ineinander. Der blassen Frau an der Spitze der Tafel rollten Tränen über die Wangen; es war nichts Sündhaftes mehr an ihr, wenn sie so weinte. Eine große Stille kam über alle, ein schweigendes Sichergeben, ein Sichvertragen wollen um des guten Geschmackes willen. Und mancher der Bartholmé lächelte still vor sich hin, weil es doch ein Sieg war, den sie da erfochten mit ihrer Einigkeit, mit ihrer Zurückhaltung, mit ihrem Takt und der geschlechteralten Güte und Großmut, die sieben Bartholmé, einer für alle, alle für einen – um des gutes Geschmackes willen.

Aber das böse Maul der Tante Claire sah, wie sie siegen wollten; in den Farben eines Geschwüres verzerrte es sich, während sie so, gebeugt über den Imbiß, dasaßen und lächelten. – Draußen in einem der fünf Gemächer fiel ein Gegenstand zur Erde. Dann wieder der Schatten der Kinderhand über der schwarzen Tür.

»Ach, unsere Hühnchen, unsere lieben, kleinen Hühnchen, die blonden, süßen, und das schwarze auch natürlich, man muß doch einmal nach ihnen sehen, die armen Putthühnchen. Da läßt man sie so allein.«

Sie war eine wilde Attacke auf die Herzen der Bartholmé, diese Sanftmut und Sorgfalt der Tante Claire. Wie ein überraschtes Lager zuckten sie empor und suchten sich zu sammeln.

»Gleich muß ich zu ihnen, und eins, das bringe ich her.«

Die feinen Lippen der Frau Blanche begannen zu zittern; ihre Finger glätteten nervös die Tischdecke.

»Da hab' ich's gefangen« kam es heiser aus dem Hintergrunde.

– – Es hatte schwarze Härchen über den Zügen der Frau Blanche. Und wie es so auf dem Arme der Tante Claire hockte und mit seinen dicken Händen sein Gesicht vor den vielen schwarzen Leuten verbarg, konnte es doch nicht leugnen, daß es das schwarze Hühnchen war.

»Der ganze Charles Putt, putt, schwarzes Hühnchen. Oder ist es vielleicht nicht der ganze Charles?«

Zwei der Bartholmé stießen an. Wieder derselbe feine, vornehme Kristallakkord. Und er verschlang einen leisen Schrei aus dem Munde der Frau Blanche.

»Blanche, Blanche« Das böse Maul verzerrte sich noch einmal zu einer mitleidigen, besorgten Grimasse, dann fiel es wieder schlaff herab in seine Ruhelage mit den tiefen, grausamen Falten und den Schatten zur Rechten und zur Linken.

Man trug Frau Blanche hinaus. – Erregt standen die Bartholmé draußen an der Tür des Schlafgemaches. Man hörte ihre Fragen und Ratschläge zwischen dem Schluchzen der Dienstboten. In den fünf Gemächern über dem silbergrauen Smyrnateppich kroch das Schweigen, und hinter ihm das Dunkel. – Wieder glitt eine Kindeshand an der verkleideten Tür entlang. Sie leuchtete weiß über dem Drücker und mühte sich um ihn. – –

Da sprang die Tür auf – lautlos fast.

Um den Hahn der elektrischen Leitung quälten sich kleine, vorwitzige Finger, und plötzlich stand der ganze Raum im Licht.

In der Mitte des Gemaches, aus gelben Rosen, starrte das Gesicht des Toten seinen Kindern entgegen.

2. Die Phrase

Blanche ist nun tot. Ihr Gesicht leuchtet nicht mehr im Halbdunkel und bittet nicht mehr um Verzeihung mit seiner leidenden Blässe, ihre Worte, diese kleinen, fröstelnden Geschöpfe, flattern nicht mehr um das Herdfeuer, es liegt Erde über ihren blauen Augen. –

Auf den Boulevards stehen die Lampen von Paris wie leuchtende Seetiere in den trüben Tiefen des Ozeans. Sie haben eine seltene Glut. Sie sind ertrunkene Irrlichter. Viele Menschen sind solchen ertrunkenen Lidtern nachgegangen, nirgends aber so viele, wie gerade hier. Es ist, als ob sich alle Verirrten hierher verirrt hätten.

Fast ist es verwunderlich, daß Blanche in ihrem Bette gestorben ist an einer Frühgeburt; es ist seltsam, daß Blanche nicht auch hier unter den Verirrten geht, daß nicht auch sie zu den Lichtern hinabgetaucht ist. Wer sie gekannt hat, der müßte ihre Seele hier suchen. Man begegnet solchen Menschen wie Blanche immer wieder, sie sterben nicht. Sie erleben viele geheimnisvolle Wiedergeburten. – Paris ist voll von Gespenstern geköpfter Edelleute und Gerichteter aller Art. In den öffentlichen Gärten lachen oft jene geisterhaft ewigen Gesichter sonderbarer Frauen und Mädchen; plötzlich tauchen sie über den Wegen von Luxembourg und Monsouri auf und sündigen mit jener Bewegung, die ihr ganzes Wesen war im ersten Leben. Es gibt so viele, die immer wieder auferstehen müssen.

Wie anders halten es die Bartholmé mit dem Sterben und dem Totsein! Wenn ein Bartholmé stirbt, dann fühlt er alle

Macht seiner Begrenzung. Er rührt sich nicht in seinem Sarge. Keine Hand hebt er gegen die Gewalt des Todes, kein Groll ist in ihm, er hat sich und den andern verziehen, er hat abgerechnet, und die Welt hat seine Rechnung quittiert mit einem Totenschein und einer Etikette in der Familiengruft.

Jetzt sind sie alle sieben längst über die dunklen Steintreppen auf dem Père Lachaise hinabgestiegen zur Ehre dieser Generation. Ja, sie haben verziehen, wie Männer verzeihen mit jener taktvollen Schweigsamkeit, die schließlich auch das Tuscheln und Raunen der andern bändigt. Sie hatten das Andenken der Blanche in ihren Schutz genommen.

Noch einmal hatte sich das böse Maul verzerrt damals, als Blanche begraben wurde und der Priester den Weihwedel hob. Noch einmal quoll es über, mitten im Beten, so daß die Nebenankienden erschreckt zusammenfuhren. Wieder glich es damals einem sich öffnenden Geschwüre, durch dessen häßliche Mitte etwas Dickflüssiges, Breiigklebriges durchzusickern beginnt.

Auf dem Gesicht des alten Mannes, der den Weihwedel handhabe, lag die steinerne Kälte der Amtshandlung. Tausendmal hatte er wohl so seines Amtes gewaltet, immer mit derselben Geste, mit demselben Gesicht. Sein mageres Jesuitenkinn bewegte sich kaum, als man den Sarg hinabließ. »Herr, gib ihr den ewigen Frieden« rezitierte er medianisch.

Auch die Gesichter der sieben Bartholmé hatten ihren Ausdruck des Sichdreingebens, des Ansichhaltens bewahrt.

Im Halbkreise waren sie hinter Tante Claire und die kleinen Waisen getreten. Etwas Unbezwungenes in ihren Mienen wachte über den Schmerz ihres Hauses. »Herr, gib ihr den ewigen Frieden.« Nur dieses Wort hatten die Sieben vom Grabe der Blanche mitnehmen können.

Die Bartholmé besaßen viel Religion und glaubten an die Auferstehung der Toten. Nachdem man lange geschlafen hatte in einem mit Namen und Geburtsjahr versehenen Sarge, durfte man sein Recht an ein neues zweites Leben geltend machen. Sie glaubten an das Wiedersehen mit Blanche im ewigen Frieden. Gott liebt alle schönen Geschöpfe, auch wenn sie sündigen. Gott hat viele Geliebte unter den heiligen Frauen. Wenn Blanche so durch den Himmel gehen wird und ihr blonder Kopf leuchtet, dann wird Gott jenes Lächeln haben, das ein Abglanz ewiger Liebe ist. –

Die Winde huschen über den Père Lachaise und hören, wie die Bartholmé sich von Gott erzählen und von seiner Liebe. Sie hören den Namen Blanche, wie er zart und mitfühlend von den Toten gesprochen wird. Ihre Stimmen zittern dabei; noch jenseitlicher, noch ruheloser wird alles an ihnen, sie feiern ein Fest des Gedankens, wenn sie den Namen Blanche nennen.

Die Winde kommen vom Westen, sie sind warm und träge, sie kriechen über die Gräber und hocken zwischen den schwarzen Schwertblumen, wie ermattet von Erlebnissen. Die Winde sind durch die Straßen von Paris gekommen, zwischen den Lampen und Laternen sind sie gewandert, wo die Verirrten ihren Tag suchen. Das Haar über heißen Stirnen haben sie zerwühlt und Lichter ausgelöscht, so feine, schmale Gesichter haben sie gesehen, wie sie in dem Andenken der toten Bartholmé leben. Die matten Winde singen jetzt: »Blanche, Blanche« Das ist der Name, der ihnen nicht mehr aus dem Sinn will, seit sie an der Gruft der Bartholmé gesessen haben und in den Straßennebeln die zuckenden Irrlichter aufscheuchten. – –

Das sind jetzt zwanzig Jahre, seit die Winde den Namen Blanche durch die Straße von Babel tragen. Ein neues Geschlecht mit alten Sünden und derselben Glückseligkeit tut es den Winden gleich und flüstert: Blanche, Blanche.

Dann lächelt das schmale, blasse Gesicht und sucht Schutz in einem Strauß von dunkelroten Rosen, Schutz vor seinen Bewunderern.

Jeder kennt das feine, schmale Profil, das auf riesigen Plakaten mit wenigen sicheren Strichen wiedergegeben ist, jeder, der an den großen Theatern vorüberkommt oder über die Plätze geht, die einen Markt der heiteren Kunst bedeuten. Und darunter der grellrote Farbenfleck und der Name Blanche.

Sie ist wieder hier. Blanche, die Tochter der Blanche, jener, die vor Jahren an der üblen Nachrede gestorben ist. »Herr, gib ihr den ewigen Frieden« steht auf dem einsamen Grabstein in einer Ecke des Montmartrekirchhofs, und die jüngere Blanche darf dort das Vermächtnis entgegennehmen, das ihr die gütige Welt mit diesem frommen Spruche zugedacht hat. Die Welt ist jetzt voll des Verzeihens. Das schwarze Küken, das arme, kleine Ding von der Tür des väterlichen Sterbezimmers, ist unter den Flügeln der großen Bruthenne Welt gediehen und groß geworden.

Ein Wanderglück hat sie ihm zugedacht, als es flügge war und selbst sich Körner suchen konnte. Es hat so zierliche Wanderfüßchen, die es leicht wie im Tanze hebt; es hat eine laute, helle Stimme und schöne Gebärden. Und es ist so fröhlich, wie alle die Kinder der Mutter Liebling waren. Blanche ist auferstanden, Blanche konnte nicht sterben, das weiß jeder, der sie gekannt hat. Der Herr gebe ihr den ewigen Frieden!

Auf dem breiten Balkon einer Villa zu Passy sitzt Blanche Bartholmé zu Füßen des Glückes. Laub fällt wie große, tiefrote Tropfen von den welkenden Buchen, und die Zugvögel rufen ganz hoch über der Stadt. Sie reisen über Paris; wenn das Laub fällt, müssen sie Paris noch einmal sehen. Manche rasten sogar in den Gärten von Passy.

Blanche hat den Kopf gegen die Rückenlehne des Fauteuils zurückfallen lassen; ihre schwarzen Haare liegen gelockert über Schläfen und Stirn; die Augen sind vom Träumen groß und schauen in den Himmel.

Aus der großen Bronzevase auf der Balustrade ragt auf hohen Stielen der späte Mohn. Die vollen Blüten bewegen sich und nicken mit unkeuschen Lippen.

Wir sind aufgeblüht, sagen sie, pflück uns, weil wir aufgeblüht sind, sonst kommt der Herbst und verdirbt die Schönheit unserer Leidenschaft. Wir wollen sterben von der Sünde Gnaden.

Die großen Augen der Blanche kehren aus dem Himmel zurück, müde vom weiten Wandern. Und nur wenn ein Wind kommt und die Blütenköpfe aneinander schlägt, daß sie in feinen, lockenden Tönen erklingen, dann zucken die Lider über den schwarzen, tiefen Augen. Die grauen Blätter aber knistern wie verbotene Seide.

So ist Blanche, wenn sie ihren Geliebten erwartet, so starrt sie in die roten Wunder des Abends; sie ist nur ernst wenn alle Fasern ihres Ichs in einem Punkte zusammenströmen. Dann betet sie, und die Glocken bringen ein sündiges Gegrüßet-seist-Du-Maria zu ihr.

Die meisten kennen Blanche nur von den heiteren Plakaten auf den Boulevards. Solche denken, der rote, kühne Farbenfleck sei die Seele der schönen Blanche. Ja, wer sollte auch wünschen, die Gebete der Träumer und Plauderer zu belauschen. Wer würde den Füßen, die sich auf leichte, zierliche Schritte verstehen, den Schemel zurechtrücken wollen. Über das stille Passy mit den welkenden Gärten will kein heiterer Genießer nachgrübeln; wer die liebt, welche sehnsüchtige Flügel haben, sucht sie nicht unter den Ulmen und Blutbuchen an träumerischen Abenden.

Blanche hat den Kopf seitwärts sinken lassen, weil jemand leise an die Glastür der Veranda klopft. Lächelnd streckt sie den Arm von sich und läßt ihn auf die Lehne fallen. Wie eine weiße Knospe wächst ihre Hand aus den Falten des Ärmels.

Und dann fühlt Blanche seinen Mund, der warm über ihren Adern liegt, und sie zählt so hinlächelnd seine Küsse und

wünscht, daß er noch immer nicht satt sein solle, während
er den weißen Muskel entlang immer weiter strebt über das
schmale Gelenk, fast bis an die Schultern hinauf.

»Bist du da, Jules, mein geliebter Jules?« sagt sie leise und
schließt die Augen.

»Ja, meine Blanche, ich komme wieder auf Umwegen.
Aber jetzt bin ich da. Fühlst du mich?«

Sie regte sich nicht, als er sie dann umarmte und seinen
Mund auf ihre Lippen legte.

»Bist du müde, meine Blanche?« – –

»Armer Jules, ich bin müde.«

Er ließ seinen Kopf auf die Lehne fallen, wie betäubt durch
eine plötzliche Erkenntnis. So lag er lange regungslos, während ihre Hand seinen Rücken liebkoste und leise zitterte. Da
hörte er, wie Blanche leise zu weinen begann.

»Ist deine Liebe alt geworden, Blanche? Willst du wieder
Gefahren anstatt dieser Liebe? Ist mein Gesicht anders geworden, glaubst du nicht mehr an meine Augen, Blanche?«

Dann stand er schweigend mit bittenden Blicken vor ihr.
Nichts regte sich; es war, als ob alles ringsum den Atem an-
hielte. Auch die vorlauten Blumen auf der Balustrade bewegten ihre roten Kopfe nicht mehr.

»Weil du immer auf Umwegen kommst, bin ich müde geworden, Jules. Das ist unser Schicksal. Aber ich werde dir gehen helfen müssen, trotz meiner Müdigkeit. – Versteh' mich
ganz. – Nein, gehen – gehen nicht, gehen kann ich nicht, ich
will dir den Weg zeigen. Ich will fortflattern – ja, mein Jules,
lieber, guter Jules. Es wird jetzt dunkel in diesem Wald. Wir
finden den Ausgang nicht mehr, wenn nicht eins von uns
über die Wipfel emporflattert.«

Ihre Augen starrten in das Gewirr der roten Blumenkro-
nen an Jules' Gesicht vorbei.

»Ich verstehe dich nicht, Blanche!«

»Deine Karriere, Jules?«

»Ich will keine Karriere machen. Blanche, ich will für dich arbeiten und dich lieb haben. Ich will dir eine Brücke bauen aus meiner Liebe. Du sollst wieder gehen lernen, Blanche, zu den andern gehen.«

Er bemühte sich, seinen Blick mit dem ihren zu vermählen. »Kannst du meinen Augen nicht mehr zu Willen sein, Blanche? Darf ich ...«

Er stockte. Blanche verhüllte ihr Gesicht mit den Händen.

»Zu den andern gehen, mit dir, Jules, auf Umwegen? Und dann bei ihnen sitzen und von ihren Tellern essen? Mitleid zu Morgen, Mitleid zu Abend immer die gleiche armselige Last? Nein, Jules, nicht zu den andern, nicht mehr –«

»Blanche, Blanche! Wenn du mich stark machst durch deine Liebe – dann – dann kann ich dich doch auf meine Schultern heben und dich tragen!«

»Zu ihnen? Die mich nicht lieben wollen?«

»Sie werden dich lieben lernen!«

»Deine Verwandten verzeihen zu viel; es bleibt kein Platz in ihren Herzen für die Liebe. Ihre Friedhofgesichter! Ach, denke nur, Jules, wie sie mich ansehen werden mit ihrer unendlichen Güte und Nachsicht, mit ihrer Pietät gegen die Verstorbenen.«

Er umfaßte leidenschaftlich ihre Knie und küßte sie. »Schweig', Blanche, schweig', ich fleh' dich an, du mußt schweigen!«

»Du weißt gar nicht, Jules, wie sehr du zu ihnen gehörst. Du sollst dich nicht verirren in mein Jenseits.«

Er sah zu ihr auf und faßte ihren Kopf mit seinen Händen.

»Sieh mich an, Blanche, du sollst zu mir kommen, dich tragen lassen, Blanche, von mir, hierher in unser Diesseits sollst du mit mir kommen, Blanche Sieh mich an, sieh mich doch an!«

»Euer Christentum wird mich vergiften«

»Du bist bitter, mein Lieb!«

»Ihr werdet mir meine besten Sünden verzeihen, und dann werde ich noch ärmer sein als jetzt. Die Phrase, Jules, denk' nur die Kirchhofsphrase, die wird auf mir liegen wie eine schwere, breite Hand und auf allen Dingen, die ich lieb haben will. Bist du einmal auf dem Mont Martre gewesen bei meiner Mutter? Wir wollen einmal zusammen hingehen und die Grab Schrift ausmerzen. Weißt du, was auf dem Grab steht, Jules? – Herr, gib ihr den ewigen Frieden steht darauf, Jules.«

»Blanche, du seltsamer Mensch, wenn ich dich ganz verstehen könnte Wenn ich dich beschützen, meine Hände auf deinen lieben Kopf legen dürfte – – und – meine arme Blanche!«

Sie wehrte sich gegen seine Hände und stand auf. Sein Gesicht sah gequält aus. Noch einmal versuchte er zu sprechen, aber eine unsichtbare Hand faßte nach seiner Kehle und drängte die Worte wieder zurück.

»Ja, ich habe dir eine Grabschrift als Erbe zugedacht, guter Jules, man kann auch Grabschriften erben. Oft sind Phrasen das einzige Vermächtnis. Ach, ich fühl' es, ich fühle es, Jules, es faßt nach uns, es preßt uns beide aneinander, eine große, schwarze Hand liegt auf uns. Geh' fort, Jules! Geh fort!«

Sie ließ ihre Hände ermattet in den Schoß fallen. Ihr Blick irrte über die Strohmatten am Boden.

»Du sollst dir deine Karriere nicht ruinieren, Jules,« setzte sie klanglos fort, »nicht einmal wagen, Jules. Du mußt arbeiten dürfen für dich. Vergiß mich. Ich muß meine Mutter suchen gehn. Da kannst du nicht mitgehen, Jules.«

Er fühlte, wie ihm alle Kraft zu einer Entgegnung verloren gegangen war. Schweigend griff er nach Hut und Mantel. Seine Bewegungen hatten etwas Fremdes bekommen. Die tastende Unsicherheit verriet seine Verzweiflung.

Sie erhob sich, um ein halb niedergebranntes Wachslicht in einer weißen Ampel zu entzünden, denn es war dunkel geworden. Ein mattes Licht fiel auf ihren Arm, der auf dem Geländer lag. So wartete sie auf seinen Gruß.

»Blanche,« flüsterte er verloren vor sich hin. Dann ging er ohne Händedruck und Kuß. Noch hört sie, wie seine Schritte über den Gartensand knirschten. Lange horchte sie und ging ihm mit dem Gedanken nach. »Er geht weit fort heute,« dachte sie, »armer Jules. Aber er weiß den Weg.« – Das Licht der Ampel erlosch mit einem häßlichen Geräusch. Es fröstelte sie. – Die Nebel kletterten an den Wänden empor. Ein zitternder Schein bewegte sich hinter dem Laub. Die ersten Laternen wurden angezündet. Für einen Augenblick kauerte sie auf dem großen Fauteuil nieder, die Hände krampfhaft an die Brust gepreßt. – Gedämpft kam das Geräusch der Wagen. Paris rief aus der Ferne nach ihr.

Sie stand auf. Durch die Bäume schimmerte es wieder. Licht um Licht sprang aus dem Nebel. Das ist mein Schicksal, nicht seins. Gute Nacht, lieber, lieber Jules, weinte Blanche still in sich hinein.

3. Die Hochzeit der Eintagsfliegen

Die großen Plakate mit dem kühnen, roten Farbenfleck sind von allen Boulevards verschwunden. Zettel an Zettel sind kleine Krämer emporgeklommen an den Säulen bis über den großen, roten Farbenfleck. Da kleben nun ihre Preislisten über dem Gesicht der Blanche. Wie fette Fliegen wimmeln die schwarzen und bunten Buchstaben und glitzern in der Sonne.

Paris vergißt so schnell wie alle, welche rasch leben und ohne Tugend glücklich sind. Paris hat die Blanche vergessen, Paris, das riesige hungrige Tier. Wie satt es sich da vor mir dehnt und reckt; mit hundert Millionen glühender Augen lugt es aus nach kleinem Gewürm.

Oben an der Mauer der Sacre Coeur stehe ich und sehe, wie sein riesiger Leib dampft und sich an mich herandrängt, wie es nach mir züngelt mit seinen Millionen Saugfäden und Fangarmen.

Als meine Augen noch jung waren, liebte ich dieses große Tier da unten, jetzt fürchte ich es und bin alt geworden in meiner Furcht.

Immer des Abends, wenn es aus seinen tausend Augen nach mir schielt, stehe ich da an der Kirchmauer und starre in den Abgrund unter mir.

Dann wühle ich in meinen Erinnerungen und suche die, die mir verloren gegangen sind. Auch Blanche suche ich, diese Blanche, deren Geschichte nirgends endet.

So hat das Leben zu Blanche gesprochen: du sollst keine Augen mehr haben und keine Sterne. Die dich lieb haben, sollst du fortschicken mit jenem Lachen, das die Herzen in kleine Stücke zerschneidet. Du sollst auch sonst keinerlei Gefühle mehr haben, denn sie verderben den Markt deiner Seele. Die Fröhlichen sollen sich nicht durch dich hindurchquälen müssen, denn die Fröhlichen haben Eile und ärgern sich, wenn sie eine Wunde sehen. Denen aber, die ihre Kleider heben, weil du über den Platz gegangen bist, den »Leuten« sollst du böse Fratzen schneiden und du sollst die Blinden hassen, weil sie dich nicht sehen können und du ihnen nicht feil bist.

***

Abgelegene Gassen. – Meine Augen quälen sich durch die Dunstschichten nach einem Gesicht. Es ist, als hätte der Regen auch die Menschen fortgespült, die Allzufrühen und die Allzuspäten, die sich sonst hier in der Dämmerung begegneten. Die letzten Lampen sind hinter mir, es fröstelt mich im Dunkeln. Ich will noch einmal gegen Monsouri zu, über den Boulevard Arago, wo die Makrelen durch den Nebel flitzen oder mich nach Vincennes locken lassen. Ich sehne mich nach den schreienden Schiffern am Seineufer; nach allem Häßlichen auf der Welt verlangt mich, wenn es nur ein Gesicht hat. Es ist, als hätte ich seit Jahren alle Menschen an mir vorübergehen lassen, als wäre ich gestorben aus Gram über den Tod anderer. Blanche, was warst du meinem Leben, Blanche!

***

Ein Brief von Jules hier in meiner Brusttasche drückt auf mein Herz. Er trägt keine Adresse. Ich will den Morgen erwarten und mich zu den Marktschreiern gesellen. Ich will mich mit irgendeiner Häßlichkeit betäuben und dann den Brief öffnen. Dann werde ich Mut haben zur Abrechnung. In all dem häßlichen Gewirr mitten unter all den Niedrigkeiten, dem Schmutz und Ekel, will ich meinen guten Jules zu dir sprechen lassen, Blanche!

Es tropft aus den Dachrinnen, und ich versuche unwillkürlich ein schnelleres Tempo. Aber bald falle ich wieder in einen langsamen Takt. Ich zähle meine Schritte, als gehörten sie zu meinem Besitztum, das ich nicht unnötig verschleudern dürfe. War ich nicht ausgesandt, um Blanche zu suchen, mußte ich nicht meine Schritte für Jules bewahren?

Die Knie schmerzen mich; ich fühle, daß meine Kraft sich verbraucht hat. Armer Jules, aber auch der Rest soll noch dein sein. Irgendwo sterbe ich dann mitten in einem Ave, das todmüde von der Notre Dame zu mir herüberkommt.

Immer mehr vergrabe ich mich in das Leid, das ich für einen andern zu tragen hatte, das nun meine Religion geworden war. Viele Erinnerungen kommen mir aus dem Erlebnis meines Freundes, und es ist, als ob sein Leid das Elend aller meiner Tage wäre.

Jetzt erst belebt sich das Dunkel in den Gassen, und Gespenster beginnen auf den Wänden zu tanzen, Frauen und Mädchen mit abgewandten Gesichtern, Tote und Verwundete kommen und gehen, mit Sehnsüchten und Lüsten in den gestorbenen Gebärden. Ja, kommt nur, kommt, ich kenne euch alle, aber nicht du bist es, und du auch nicht, und jene nicht mit dem Haar wie fließendes Erz, und auch du, Doris, nicht. Das Ganze ist es, das Ganze kämpft mit uns, das Ganze erwürgt uns. – Sie tanzen vorbei, in einem bleichen Reigen gleiten sie.

Bist du die letzte im Reigen der Abgewandten – du – du – dein Gesicht kenn ich noch – du, Blanche, aber dein Haar ist anders geworden. Wer hat so viel Gold über deinen Kopf gegossen?

Ein hellgoldener Scheitel flattert an mir vorüber, das früherwachte Licht in irgendeinem Gesicht läßt ihn aufleuchten und das Gesicht unter ihm.

»Blanche Blanche« rufe ich leise hinter ihr. »Bist du da?«
Kaum, daß ich meine eigene Stimme höre, so leise rufe ich;
so in der Seele begraben tönt meine Stimme.

»Bist du wieder auferstanden?«

***

Ich sitze am Rande ihres Bettes. Meine Hände streichen über
ihre entblößten Muskeln, weil Blanche noch immer so schön
ist. Ich zünde ein Licht an, damit ich sie besser betrachten
kann.

»Unser Jules ist tot, Blanche,« sage ich. Wie aus einem
tiefen Brunnen hab' ich es hervorgeholt.

Aber Blanche hört mich nicht. Ihre Blicke wandern oben
an der Decke der Mansarde.

»Warum siehst du so weg von mir, Blanche?«

»Ach, ich hab' immer so an allen vorbeigesehen. Ich lie-
ge zu gern auf dem Rücken und zähle die Fliegen. Ich denke
dann, es sei da oben der Himmel, aber sie dürfen nur so an
der Wölbung herumkriechen, mit dem Kopf nach unten. Alle
kommen in den Himmel, sogar die Fliegen.«

Ich vergrabe meine Augen in ihren Leib. Fast wundere ich
mich, daß ich nur einen Körper sehe und dem Geschlecht
ausgeliefert bin. Ich küsse ihre nackten Knie.

»Sag' noch etwas, Blanche Du mußt jetzt weiter sprechen.
Sag' noch etwas vom Himmel.«

»Ach, ich bin so dumm geworden. Ich finde alles langwei-
lig,« antwortet Blanche und gähnt.

»Sei noch eine Stunde lang schon, Blanche. Laß mich
dich austrinken. Jetzt, da unser Jules tot ist, darf ich dich un-
endlich lieb haben«

»Der Jules – Jules, ist der tot? Und du, du willst mich
austrinken? – Sagtest du nicht so – austrinken? – So sinnig
redest du? Du müßtest ein Tagebuch schreiben, in dem ich
vorkomme, und mich in deiner sinnigen Art mit allem mög-

lichen vergleichen. – Mit den Vasen, in die du deine Blumen gestellt hast, könntest du mich ganz gut vergleichen. Ist der Jules also tot?« – –

»Sollen die Blumen nicht aufblühen?«

»Ach, Herr, Sie sind so sentimental – – Küß mich – Wie heißen sie nur? Heißen Sie nicht Paul?«

Mein Mund irrt über ihren Körper wie ein durstiges Tier über duftige Weide. »Blanche, Blanche! Warum ist Jules nicht früher gestorben? Er hat in unsere Liebe hineingelebt und – alles verdorben!«

»Lieben Sie mich – ja, ich glaube, daß Sie sehr tief lieben können, Sie sind eine Bräutigamsnatur. Erzählen Sie mir von uns, aus deinem Leben, Paul!«

Ich lege meine Hände auf ihre Stirn und drücke den Kopf in die Kissen zurück. Dann küsse ich ihre Augen. Ihr Gesicht beginnt aufzuleben, die Brust bebt unter meiner Umarmung. Während ich ihren Mund freigebe, lächelt sie. »Bist du zu Ende mit unserer Geschichte? Du hast so kurz erzählt, Paul. Küß mich noch einmal,« sagt sie mit veränderter Stimme und zieht mich zu sich nieder.

»Unsere Geschichte soll kein Ende haben, Blanche!«

»Soll unsere Geschichte dort anfangen, wo die meine endigt? Ach, Paul, ich glaube dir, daß man plötzlich aufhören kann mit sich, um von dort für einen andern zu leben. Man kann sich so verändern. – Gefällt dir mein Haar jetzt? Wie seltsam, nicht, daß ich mein Haar gefärbt habe? Plötzlich besinnt man sich oft auf eine andere Haarfarbe, man erlebt sich noch einmal. Und glaube, so ist es mit den Seelen auch.«

»Ja, Blanche, so ist es mit allem, was Farbe hat. So ist es mit den Seelen und den Seligkeiten.«

»Du bist so stark, Paul, du hoffst zu viel!«

»Ich habe gehofft, dich zu finden; seit ich dich gesehen, habe ich immer gehofft, und das hat mich so stark, so zeitlos gemacht. Es war damals, als Jules dich durch den Garten trug.«

»Ja, ich weiß, ich erinnere mich. So lange, schwarze Haare hatte ich und trug sie in einem großen Knoten über den Nacken. Aber sprich nicht von ihm!«

»Du wolltest doch aus meinem Leben hören, Blanche. Jules ist ein langes Kapitel. Ich glaube, auch du darfst ihn nicht ausschalten.«

»Nein, ich will keinen Roman aus meinem Leben machen, der mit meiner Jugend beginnt. Ich hab' in losen Blättern gelebt. Manche sind vergilbt, viele hab' ich selbst zerrissen, und die andern hat ein Sturm fortgetragen. Verstehst du mich nicht? Hast du nicht die Kraft, alles zu vergessen? Ach ja, du bist doch so stark, du hoffst ja so viel. – – Denk' dir, Paul, daß es jetzt heißer, heißer Sommer wäre, und daß wir kleine, zierliche Glasflügel hätten. Über dem Teich in meiner Heimat leben winzige, glitzernde Tiere, die feine, zitternde Flügel haben. Die leben nur einen einzigen Tag. An dem Tag, da machen sie Hochzeit.«

»Drück' mich fest an dich, Blanche. Leg' deine Arme um meinen Hals. Laß dich emporheben. So – so.«

Sie kniet auf meinem Schoß. Ich berührte leise ihr Haar.

»Willst du mich auch durch den Garten tragen? Ha, bist du stark! Hebst mich so aus meinem Grabe heraus! Ich bin doch schon gestorben, und die Toten sind so schwer, die ziehen alles herab!«

Ich preßte ihr Gesicht an meines, da fühle ich, daß es feucht ist. Dann nehme ich ihr die Tränen mit meinen Küssen aus den Augen.

»Du bist nicht tot. Da ist deine süße Hand, und da dein goldener Kopf, du liebe, liebe Blanche!«

»Weißt du noch, wie ich früher tanzen konnte? Nimm den Spiegel fort, Paul. Ich möchte keine Augen mehr haben und keine Sterne. Ohne Licht möchte ich mit dir gehen und mich führen lassen. Wie es wohl wäre, wenn alle blind zur Welt kämen und sich nie gesehen hätten. Es würde nicht

Reiche und Starke geben, die so bitter verachten dürfen. Die Blinden wären ein großer, unendlicher Reigen, und jeder der Anfang und das Ende in der Kette.«

Ein zitternder Schein bewegte sich über den Gardinen. Es ist das Flackern der erlöschenden Lampe, die der Tag erlöst. Sie erstirbt mit einem häßlichen Geräusch.

Ich glätte die Kissen und das Plumeau, das, unförmlich zusammengeballt, wie ein verstümmelter Leib in der Dämmerung leuchtet.

»Gute Nacht, liebe Blanche!«

Ihre Augen sind schon geschlossen, während ich sie bitte. Meine letzten Küsse sind schon ihren Träumen zugedacht.

Dann schleiche ich vorsichtig die Treppen hinunter.

Draußen ist kalter Herbst. Ein großer Schatten zieht neben mir.

4. Das Gastmahl

Ich kenne jetzt alle Bartholmé der letzten Generation. Es ist ein Geschlecht, das gegen seine Vernichtung kämpft. Aber die Bartholmé werden siegen. Sie haben ihre feierlichen Bratenröcke abgelegt, einige tragen grüne Lodenkittel, nur manche gehen in Gamaschen. Aber auch diese haben große Füße und Hände. Gang und Gebärden sind schwerfällig. Man fühlt, daß sie viel über weiche Ackerböden gegangen sind. Sie leben jenseits der Tradition, reden laut und essen viel.

Nur der Kardinal Bartholmé, der in Paris lebt, hat meine Freundschaft. Nur er hat noch das schmale, hagere Gesicht und gepflegte Hände. Nur er spricht noch mit jener gedämpften, ruhigen Stimme und übergeht taktvoll das Unabänderliche.

Wenn ich über das Schicksal der Blanche mit ihm spreche, gibt es viel Unabänderliches, viele Voraussetzungen; wir müssen uns zwischen vielen Tatsachen hindurchfinden, um einander nicht zu verletzen. Nur das Priesterliche in ihm redet. Ich brauche jetzt einen Priester für meine arme Blanche. Ich liebe es, wenn er zwischen meinen Ausführungen dann und wann lächelt. Ich vermag dann besser, klar und umfassend darzustellen. Selten sieht er mich an, während ich spreche, aber ich fühle, wie sein Ohr den Klang meiner Stimme prüft. Ich weiß, daß er mich ganz versteht, und daß ich seine Sympathien habe, als ein Kreuzfahrer der Liebe. –

Jetzt kennt er die Geschichte meiner Blanche von ihrem ersten Tage an. Er sieht sie lachen als Kind und Mädchen, tanzen als Weib, leiden als Dirne und sterben als meine Gattin. Er sieht die Rosen und Lilien, die ich vor das Fenster gestellt habe und mit ihrer Seele vergleiche.

Ich bin zu Ende. Zwischen uns steht ein Schweigen. Kaum, daß wir dann und wann uns bewegen. Unsere Zigaretten sind verglommen. Draußen höre ich, wie man die Tafel deckt. Silber klirrt. Die Stimmen der schwatzenden Diener summen zwischen tönendem Glas.

Der Kardinal feiert sein Priesterjubiläum. Es kommen alle Bartholmé aus Paris und der Provinz zu dieser Tafel, und ich werde zwischen ihnen sitzen und von ihr sprechen. Wie von Blumen, über die ein Frost gegangen, werde ich zu den Bartholmé reden, von Kunst und Schönheit, das sie mir geschenkt hat und allen, zu denen sie gehört.

Sie wird wieder zu den Bartholmé gehören, wie es ihr später Wunsch ist.

Sie sind alle da – acht und der Jubilar, und sie begrüßen freundlich den zehnten Geladenen.

Jeder besieht den Teller vor sich, der das Monogramm des Kardinals trägt. Zwei – vier – sechs – blinkendes Porzellan mit einem lustigen Barockmuster am Rande. Leuchtende Augen spiegeln sich auf dem weißen Grunde, und jeder fühlt, wie er noch nie so zu seinem Teller gehört habe, wie er geradezu herauswuchs unter der Festtafel. Ihre Lippen zittern begierig, ihre Seelen kreisen um die einsame Salatschüssel in der Mitte, wie lüsterne Fliegen.

Ich höre, wie ihre Stühle ungeduldig werden und scharren, witternden Tieren gleich.

Wenn man Worte vernimmt, so ist es nur ein steifes Gebärdenspiel der Sprache, zu dürftig, um eine Pause auszufüllen. Mancher würde sich gern erlösen mit einer Rücksichtslosigkeit, und ein Witzbold, zünftig und wohlbeleibt, den man als Pfadfinder aus allen Verlegenheiten schätzt, versucht sich sein Lächeln zurechtzurücken. Aber er lächelt vergeblich zu einem Gedanken, den er nicht finden kann. –

Ich sehe die feine Genießerhand des Gastgebers; unter den roten, rohen Arbeitshänden der andern ist sie ein Fremdling. Ich fühle, wie diese Hand sich zum Geben öffnet, wie ich alles von ihr empfangen werde, alles für meine arme Blanche.

Ich werde Seide und feine Gewebe über sie gießen und Blumen, unzählige Blumen. Süße Räusche werden Blanche in den Tod wiegen.

Durch einen schmalen Spalt im Speisesaal kommen die Gerüche. Man atmet tiefer und ergeht sich in plumpen Lobsprüchen über die Arrangements. Glatt und schleimig entschlüpfen die Worte dem Munde der Sprecher, schmale, ärmliche Frühgeburten. Das Leben dieser Menschen ist ein Glückschmausen. In breiten Schüsseln reichen sie einander ihre Sünden und feilschen um klebrige Seligkeit. Ihre Seele ist ein Schafott dickflüssiger Gefühle.

Immer mehr fühle ich es. Dieser Mann, daneben dieser Ritter in der roten Sautane, ist der letzte Bartholmé, ein Jubilar. Jetzt trinkt er mir zu. Unsere Gläser klingen. Es ist ein jenseitiger Ton, tief, wie ertrunken in dem köstlichen Falerner, kommt mir sein Fiducit entgegen.

Da fällt zum erstenmal der Name »Blanche«. Der Kardinal hat ihn selbst unter uns geworfen. Als wollten sie den Namen mit ihren Zähnen aufsaugen, schnellen die acht Köpfe empor.

Von den Lippen eines Priesters kommt das Lob einer Frau wie eine Stelle aus dem Propheten.

Alle horchen andächtig auf, und ein feiner Dunst verschleiert die Mienen der Schweigenden.

So verklärt sich das Bild meiner Blanche vor meinen Augen. Ich sehe sie zu uns niedersteigen in strömender Seide. Weiße Rosen trägt sie im Haar.

Immer reicher kommen die Worte von den Lippen des Redenden, immer näher ist uns Blanche, immer mehr ist Blanche unter uns.

Mir ist, als weiche jetzt alles Gemeine aus den Mienen der Tafelnden, als wären sie nicht mehr ein Quartier seelischer Bettler, die um eine dampfende Brühe sitzen und mit gläsernen Augen in den Dunst hineinstieren.

Ihre Gebärden, die früher voll schwüler Häßlichkeit waren, haben jetzt die Andacht Horchender. Ihre Blicke taumeln nicht mehr über das breite Brett vor ihnen, ihre Kiefer klappern nicht mehr; durch ihre Seele sickert der Tau guter Worte und füllt sie bis zum Rande.

Nur der zünftige Witzbold umklammert eine zweizinkige Gabel, als müßte er sich damit gegen alles wehren, was eine andere Religion hat, als die des braven Appetites.

Der Kardinal hat geschlossen. Seine schmalen Lippen rühren sich wie in einem geistigen Lächeln. Sein Blick wandert über die Mienen seiner Tafelfreunde. Blanche ist jetzt mitten unter uns. Ich höre ihren Namen bald aus dem, bald aus jenem Munde, und auch ich werde oft genannt und angesprochen.

Man redet von einem Frühling auf dem Lande, den Blanche und ich verleben sollen bei unsern Vettern. Man erzählt von Nachtigallen, die tief und sehnsüchtig in den alten Büschen flöten, von Blumen, die nur dort wachsen, wo uns beiden ein Fest bereitet werden soll. Meine Gedanken reisen an diesen Ort. Neben mir geht Blanche.

Ich träume weit über alle Tafelgenüsse hinweg.

Da fällt mein Blick auf das Gesicht des Kardinals. Er sieht verwundert aus, Furchen sind in seiner Stirn, und seine Hand ruht schlaff herabgesunken, wie eine matte Klinge.

Aber er fühlt, daß ich seinen Blick suche, und seine Augen kommen zu mir empor.

Wieder klingen unsere Gläser, dasselbe Fiducit von früher.

Ich wollte ihm recht lange, recht tief, recht dankbar in die Augen sehen, aber der zünftige Witzbold meint, daß jetzt an ihn die Reihe gekommen sei, und er an die Vorrechte seines Humors erinnern muß.

Die linke Hand in der Magengegend, agiert er die Festrede.

Dann hör' ich noch das Hoch auf den Jubilar, der in erstem Schweigen alles entgegennimmt.

Auf den neuen Schüsseln glänzen die Leiber gebratener Vögel. Zärtliche Blicke hüpfen über die braunen Leiber. Das schlüpfrige Geräusch der Verzehrenden übertönt unsere einsame Worte.

5. Agonie

Blanche will heute abend tanzen. Aus ihren Fiebertraumen kommen Worte zu mir. Geheimnisse plaudert sie aus; ihre Augen sind weit offen, aber sie erkennt mich nicht mehr. Oft ruft sie meinen Namen und bittet mich, ihren Körper zu lenken. Und ich antworte, wie aus einer andern Welt, wie jenseits vom Leben antworte ich der Träumenden. Mit sanftem Zureden will ich ihren Körper beruhigen, der sich zuckend über die Kissen quält.

Ein Volkslied fällt mir ein, wehmütig weich ist die Melodie; ich summe sie zwischen den Zähnen. –

Alles habe ich Blanche von dem Bartholmé erzählt, und sie wachte einen großen Teil der Nacht an meiner Seite. Sie hatte viele Fragen an mich. Von Tod und Leben redeten wir und von der Liebe, die das Leben stark macht und über den Tod hinausdauert.

Der Arzt war bei uns. Er hat Blanche lustige Geschichtchen erzählt von den Boulevards. Dann nahm er mich beiseite. – Ich weine nicht mehr. Ich weine nicht mehr. Ich denke nur an den Kardinal und an das klingende Glas; an seine feine Hand und den seltsamen Unterton der halbgefüllten Römer.

Wenn sie jetzt erwacht, will ich ihr wieder erzählen von den sanften Geländen und unsern lieben Vettern, von den Dörfern, unter denen sie eine Heimat hat.

Die Vögel kommen wieder über das Meer und nisten in unsern Revieren, leise klingt es in den Räumen, in denen wir auf Gott warten.

»Wach' auf, Blanche Ich hab' alles zur Reise bereitet. Willst du nicht noch sehen, wie ich alles sauber gefaltet habe? Dein bestes Gewand mußt du mir zu Liebe antun. Wir reisen in Hochzeitskleidern«

An der kleinen Station warten liebe Leute auf uns. Blanche! Wie wir uns an ihrer törichten Sorge freuen – Und dann allein wir beide mitten im traulichen Frühling!

Horch! Nachtigallen!

Und Kinder in getupften Kattunkleidern stehen in den Wiesen und tauchen ihre kleinen Hände in die Blütenkaskaden. Sie werden unser kleines Gemach schmücken. Blanche!

**

Ob sie noch erwacht? Blanche hat noch nie so tief geschlafen!

Ich muß meine albernen Träume fortscheuchen, wie eine Herde zudringlicher Füllen. Ich will ein wenig auf und ab gehen oder vielleicht in die Kammer nebenan, wo mich ihre kleinen Erinnerungen begrüßen. Verstaubte und vertrocknete Blumen, Mädchenkleider und eine Puppe mit schlechtgeschnitztem Gesicht.

Ich bin so allein. – Ich warte – ich warte, bis daß sich jemand mit mir betrübt.